行者无疆

——观故居行

陈卫平 著

团结出版社

图书在版编目（ＣＩＰ）数据

行者无疆：观故居行 / 陈卫平著. —北京：团结
出版社，2022. 7

ISBN 978-7-5126-9272-5

Ⅰ. ①行… Ⅱ. ①陈… Ⅲ. ①游记－作品集－中国－
当代 Ⅳ. ① I267.4

中国版本图书馆 CIP 数据核字 (2021) 第 262235 号

出　版：团结出版社
　　　　（北京市东城区东皇城根南街 84 号　邮编：100006）
电　话：（010）65228880　65244790
　　　　（010）65238766　85113874　65133603（发行部）
　　　　（010）65133603（邮购）
网　址：http://www.tjpress.com
E－mail：zb65244790@vip.163.com
　　　　tjcbsfxb@163.com（发行部邮购）
经　销：全国新华书店
印　装：三河市东方印刷有限公司

开　本：145mm×210mm　32 开
印　张：4.25
字　数：85 千字
版　次：2022 年 7 月　第 1 版
印　次：2022 年 7 月　第 1 次印刷

书　号：978-7-5126-9272-5
定　价：48.00 元

传承是最好的纪念，

践行是最好的传承。

目　录

自序

一个来自历史深处的声音从远方向我召唤。

这不是一次泛泛的旅行，这是一次时空对话，是一次对历史的触摸，也必将是一次对心灵的震撼和精神上的洗礼。

这是一份无形的遗产，
这是一笔无价的财富。
传承是最好的纪念，践行是最好的传承。

动荡的年代，革命的时期，造就了我们民革先辈们丰富多彩、跌宕起伏的人生经历，他们都是那个时代的弄潮儿和历史的见证者。他们的人生轨迹记录了时代，他们义无反顾投身于革命的激情，与时代的脉搏所碰撞出的火花，更是铸就了他们人生的辉煌，而为我们留下了不可多得的精神遗产和宝贵的财富！

他们的故居记录并承载着的就是这些流动的场景，无声的回忆。我要去找寻，找寻他们追求真理的人生脉动；我要去缅怀，缅怀他们救民济世的风采。继承使命，承载传统。让先辈们的生命在今天，以我们的承袭而得以重生。

以先辈们的故居为展现，让他们的英魂名留青史，并永远绽放出绚丽的光芒。我们观故居行，就是要品读先辈的人生，品味历史的脉络，就是要汲取这些精神财富的营养。回顾过去，感悟时代，激励自我，展望未来。

2011 年，民革中央发布文件，号召举行"观故居活动"。2021 年恰逢十周年之际，我怀着一颗赤诚的心，作为一名近 30 年党龄的民革老党员，作为一名民革洛阳市委会历任三届的老主委，作为一名 65 岁的退休人员，响应党的号召和自己内心的召唤，去遍游故居，寻找历史的痕迹，追寻先辈们的绰影，这是我义不容辞的责任和神圣的使命！

2021 年恰逢中国共产党建党一百周年，在举国上下学习"四史"的热潮中，我走访那些为新中国成立而贡献过力量的民革先辈们的故居，重温新中国史，并以此成文，作为向党百年华诞的献礼。

　　40个故居点，30个城市，规划出五条路线，预计全程近三万公里。

　　驾着我的房车，出发！

　　老骥伏枥，行之万里！

2021 年 1 月 6 日

1. 宋庆龄故居之行

上海宋庆龄墓 1（2021 年 5 月 9 日）

她，端庄，慈祥。

她，是那般的高贵优雅，而又是如此的朴实无华。

她，莞尔一笑，散发出无尽的爱。

她，是一面旗帜。

她，是一个号召。

她，是一种引导。

她，是一股魅力。

她，是一种精神。

她，被誉为：国母。

她，就是宋庆龄先生。

她作为孙中山先生的爱妻，忠诚的革命伴侣，协助中山先生在 1924 年的中国国民党第一次全国代表大会上，确立了"联俄、联共、扶助农工"的三大政策，重新解释了三民主义。她继承了孙先生不断革命的精神衣钵，一直活跃在中国政治舞台的中心，极具号召力和威望，代表着进步和正义。她是中国国民党革命委员会的创始人之一，第一届全国委员会的名誉主席。她自始自终，并将永远是我们民革的精神领袖和不倒的旗帜！

这面旗帜将引领着我们走向追求真理、追逐进步的永恒的道路上！

宋庆龄海南文昌祖居（2021 年 1 月 12 日）

　　一路南行，来到了海南岛的文昌，这里是宋庆龄先生的祖籍。一个典型的当地民俗的小院子，格局和功能无不体现着小农经济自给自足的朴实无华。一片绿色的椰林中洒露出来的光阴，照耀并滋润着大地。闻着流水和鸟鸣，周围充斥着生机，蕴育着活力。这也为今后的宋氏家族的兴旺，铺垫了底蕴。在祖居旁边，已建起一座宋庆龄先生纪念馆，来自全国各地的游人络绎不绝，已成为了人们拜谒和旅游的胜地。

一路北行，来到了北京，这里是宋庆龄先生生活和工作过的故居。这里装满了她为筹建中华人民共和国付出的辛劳，装满了她为了世界和平的奔走……这里洋溢着辉煌。

宋庆龄北京故居（2021年4月28日）

宋庆龄上海故居（2021年5月9日）

　　一路东行，来到了上海淮海路，这里是宋庆龄先生生活时间最长的故居。典雅的欧式小洋楼和花园，在闹市区却透着宁静和素雅，造就了她温文尔雅的高贵。在上海的宋园路，有她安葬的墓园，广场上雪白的雕像远远望去是那般的端庄，她依偎在父母的身旁，验证着中华民族叶落归根的传统和对故土的眷恋。

　　她这一生只做了一件事情：致力于奉献"爱"！

宋庆龄上海故居院内（2021 年 5 月 9 日）

　　她爱她的丈夫：摒弃一切世俗偏见，不顾家庭的反对，不计年龄的差距。为了追随革命先驱中山先生，为了追求时代的真谛，在没有祝福的情形下，把握自己的命运，毅然决然把自己嫁给了革命的事业。她与中山先生患难相依，生死与共，从此过上了颠沛流离、充满风险的革命者的生活。

　　这才是真正的"大爱"……

　　她爱她的祖国：抗战时期，她发起了"国民御侮自救会"，自任会长，并撰文《中国是不可征服的》，向全世界宣传中国抗战的决心，赢得了世人的尊敬。她为抗战募集了资金、药品和物资；她到前线慰问将士，看望伤员，极大地鼓舞了全国上下抗战到底的民心和士气。她为抗战的胜利做出了独特而卓有成效的贡献。

她爱她的民革组织：20 世纪 40 年代下半叶，抗日战争刚刚结束，中国将何去何从？各种思潮，各种势力，纷纷现身。她站在历史的潮头，凝聚起一群精英，为了追寻救国之道，在乱世中，打出一面大旗：中国国民党革命委员会！

她爱真理：她所处的时代，从辛亥革命到解放战争，从袁世凯到蒋介石，一直是独裁和反独裁、专制和追求民主的两个阵线的斗争。她从未屈从于强暴，坚定站在革命的立场上，为了追求真理，而奋斗了毕生。

她爱新社会：响应五一号召，欣然接受中国共产党的邀请，前往北京（当时称北平）参加新政协会。她虽然孑身一人，但她的参会，使得 1949 年中国共产党所倡导的新的政治协商会议更具有了广泛性、代表性和合法性！她成为中华人民共和国的缔造者之一。

1981 年 5 月 29 日，宋庆龄先生仙逝。中共中央、全国人大常委会和国务院于 6 月 3 日在北京人民大会堂举行了隆重的举世瞩目的国葬。

至今，有一个机构在沿用着一个人的名字，并将永远在慈善事业中发挥着不可估量的作用，她的名字就是一张名片、就是一面旗帜、就是一种号召、就是一股凝聚力，引导着人们，引导着整个社会，向往真实、善良和互助。这个机构就是"中国宋庆龄基金会"！

　　这就是魅力，这就是威望，这就是一个人的价值！她的名字就是一个符音，将永远飘扬在中国的大地上！

上海宋庆龄墓 2（2021 年 5 月 9 日）

2. 宁武故居之行

宁武故居（2021 年 7 月 20 日）

　　展开中国地图，放眼望去，我们民革先辈们故居所分布的点，大都在南方，只有一处孤悬于塞外，那就是沈阳市的宁武先生故居。究其原因，我曾作肤浅的分析：一则是因为南方是近代以来人们思想比较开放进步的地方，民风中人们走出去下南洋、去日本、赴美国的浪潮风起云涌。与当时引领世界潮流的较为先进的思想、科学、文化形成了无缝对接。受其熏陶，造就出了一大批立志要改造旧中国的仁人志士。二则是因为北方军阀势力较强大，实行封建独裁，限制了人们的自由，禁足了人们的行为，束缚和禁锢了人们的思想。但就宁武先生一人独出自于塞北，就可见此人不凡之处。他就像一颗火种，照亮着北国大地。

　　故居是历史留下来的痕迹，也更是历史的再现。

　　虽然只是一个故居点，但它和北京的宋庆龄故居共同组成了我的第五条北方之行的规划之路。今天是 7 月 17 日，在昨天刚刚完成民革洛阳市第十届代表大会的政治任务后，我和我的伙伴们，驾着我的小白驹，踏上了北国之行，也是观故居最后一条路线的收关之行。

　　7 月的天，骄阳似火，酷暑难耐，也借观故居的北方路线，向着祖国的最北——漠河北极村，向着祖国的最东——最早看到日出的东极，去观光，去旅行，去避暑，去品味祖国的大好河山。

北国的风光，养育了北方人，造就了北方汉子的性格。宁武先生自幼性格刚直不阿，立志"要做一个有骨气的中国人"。少年时，他曾目睹了甲午战争的惨烈，深感国之衰败，政之昏庸，民之不争。失败的沮丧和失败后所承受的屈辱，唤醒了他的爱国激情，唤起了他救国救民的使命感。青年时，他积极投身于社会活动，参加了同盟会，致力于追寻答案、追求真理。

一个偶然的想法，一次充满激情的冲动，使他奋然提笔，写了一封信，由此改变了他一生的命运。1907年，身处迷茫昏然之中的他，抱着试试看的冒昧想法，给远在美国旧金山，他所崇拜的孙中山先生写了一封信，表达了一个热血青年追求真理的意愿和希望得到指点的渴望。没想到两个月后，他万分激动地收到了孙中山先生的复函。就是这封信，坚定了他的信心，激励了他的斗志，指明了他人生奋斗的方向。后来，他有机会加入到了孙中山先生的团队之中，彻底走上了革命的道路。

必然中包含着偶然，必然就是由无数的偶然组成的。宁武先生偶然的冲动开启了他的新生，最后形成的人生道路，也是必然的结果。

孙中山先生作为革命的先驱者和导师、领袖，每天有多少繁杂的事务要去处理，能够在百忙之中给一个素昧平生的年轻人，饱含激情地复函，可见革命领袖的工作，不仅仅是创造一种理论，更重要的是，在实践中传播革命的思想，培养革命的种子，注重群众基础，形成坚强的核心层。只有这样的组织架构，才能在实践中，形成一股对社会发出自己呼声和主张的强大的政治力量。

孙中山先生用一封复信点燃了一个追求理想的青年心灵的那盏灯。宁武先生真的很幸运。孙中山先生真的很伟大。

每个人就像一个铀原子，受到中子的撞击，就会产生核裂变，并迸发出超巨的能量。

峰回路转，拐进一个小院子，眼前为之一亮：展现在面前的就是出发前做功课时所见到的熟悉而又陌生的场景，一座德式的二层小楼向人们诉说着沧桑的岁月。屋内时不时地传来朗朗的少女读书声，叩门却无人应答。据闻，故居现已成为民居。

观故居行的第五条路线，也是最后一条收关之行，屈指行程八千七百多公里，历时十六天。除了以参访民革前辈的故居作为主线和灵魂，还去领略了祖国的大好河山。我们途经了珍宝岛这个改变世界格局的战地，忆起那段峥嵘岁月；到了东极，凌晨两点多就看到祖国第一缕阳光；最终来到了祖国的金鸡之顶——此行的目的地：漠河北极村。当晚，我独自登高望远，静静地欣赏中国最美的星空，一位位民革前辈戎马倥偬、赤诚爱国，犹如满天繁星熠熠生辉！

我在想，接下来我要干些什么？

3. 朱学范故居之行

朱学范故居 1（2021 年 5 月 9 日）

　　随着英国瓦特蒸汽机的出现，人的体力得以被放大，提高了生产能力和生产效率，于是世界进入了工业化时代。与工业化大生产共生的产物，是出现了操控这些机器的一大批人：工人阶级。

　　工人阶级是一支先锋队，代表着先进的生产力，是推动社会进步的动力。

　　中国工人阶级一旦登上了历史舞台，就以其革命性展现出它的风采：二七铁路大罢工、安源煤矿大罢工、五卅运动……风潮涌动，势不可当。

　　朱学范先生十几岁就考入上海市邮电局，当了一名工人。这种出身和经历所打下的烙印，使他具备了工人阶级的特质。他积极投入到工人运动和社会活动中，是中国工人运动的先驱之一，为工人阶级的利益摇旗呐喊，27 岁就当上了上海市总工会主席。他早年出席过第二十届国际劳工大会，在苏联会见了当时共产党的代表李立山，与共产党结下了不解之缘。1948 年 8 月，在解放区哈尔滨召开了"中华全国总工会"第六次全国劳动大会，朱学范先生作为国统区的工会总代表，当选为全国总工会主席。他以工人代表的身份参加了第一次全国政治协商会议，当选为 89人组成的主席团成员之一。

　　他是我们民革组织的发起人之一。1947 年，他与李济深一道在香港相聚于何香凝家中，共商大计，取得共识：鉴于全国形势的发展，出于斗争的需要，应该成立一个政党，一个革命组织，树起大旗，联合全国的国民党左派、爱国人士和广大劳工，以推翻"蒋家王朝"，实现中国的独立、民主与和平。

每天的出行都会遇见新的变故。今天在前往朱学范先生故居的路上，又突遇障碍：限高杆拦路，车过不去，如何是好？好在一看导航，目的地距此一公里，于是改成步行模式，走着！终达目的地。

人的一生不可能一帆风顺，生活中总是充满了风风雨雨，房车的生活，每天的未知在等待着自己。挫折可以让我们加深对生活的感悟，困难使我们对世间的认识更加成熟，经历磨难让我们对成功的内涵理解更加透彻。困难总是欺软怕硬，只要你抱定必胜的信心，用坚韧的意志面对，就能改变生活的灰色调，唤发出朝气，生活就会充满阳光！

在这里想说点题外话。一路风雨兼程，鞍马劳顿，不仅要赶路，还要写出所见所闻所感，所以多以高速服务区为家，足迹遍及大半个中国。今天来到了阳澄湖服务区，眼前为之一亮，这哪里是服务区呀，这里比商场更商场，比公园还公园，比餐厅还餐厅。室内天幕上蓝天白云，地面小桥流水，楼亭玉阁，胜似苏州园林；商品琳琅满目，餐饮应有尽有，风味各异；卫生间清洁明亮，胜似宾馆。这里人头攒动，人潮如涌，已成为网红打卡之地。就我之陋闻，这里当之无愧为全国服务区之冠首，绝非之一。不走了，再住一晚，作一休整。不过前五天拜访了九位先辈的故居，完成了三篇游记，够辛苦的了，也该慰劳一下自己了。

朱学范故居 2（2021 年 5 月 9 日）

4. 王昆仑故居之行

在举世闻名的无锡鼋头渚风景旅游区，区内风景如画的太湖湖畔最显赫的小山峰之巅，有一个绝好的去处，就是万方楼，这里是王昆仑先生的故居。在故居旁侧，有一座香火缭绕的寺院，名曰"广福禅寺"。在我们洛阳，龙门山巅上有一座寺院叫"香山寺"，旁边有座阴宅，是著名唐代诗人白居易的墓地。好像这些地方都聚集着一股仙气。

王昆仑先生自幼勤奋好学，聪慧过人。他17岁考入北京大学中文系，为了寻找救国之道，毅然放弃了自己喜爱的中文专业，转入哲学系，潜心研究事物发展的规律。文学是一切文化的基础，文学也是一种工具，是表达思想的载体，是宣传文化的喇叭。而哲学是一门高深的学问。截至目前，也没有人能够给哲学下一个确切的定义。最后普遍接受的是："一门使人聪明的学问。"我也曾试图自不量力为哲学下个定义：使人明白的一门学问。想表达的意思是：只有学习、接受和领悟了一些哲学的观点和理念，才能使你明白一些道，悟出一些理，搞懂一些事。王昆仑先生正是自幼潜习文学，后又涉猎哲学这样的学习经历，造就了他作为一个革命者的素养。

北京大学是当时中国思潮的风暴中心，蔡元培校长的开明，陈独秀、李大钊等人作为时代的急先锋，作为中国共产党的创始人，站在时代的前列，传播新思想，提倡新文化，风起云涌，给祖国大地吹来一股新气象。作为北京大学一年级的学生会主席，王昆仑先生带领学生们走上街头，发表演讲，慷慨激昂，传播革命思想。他积极投身于"五四运动"中，就是这段经历，奠定了他作为一个革命者的情怀。

王昆仑先生作为一位神奇人物的传奇之处，就在于他1922年经孙中山先生亲自介绍，加入了中国国民党。而他又于1933年秘密加入中国共产党，主要任务是利用其特殊的身份，在敌人内部开展统战工作。直到1985年，他过世时才公开了他共产党员的身份。胡耀邦同志代表中共中央在追悼会上致悼词，称之为"忠诚的共产主义战士"。

他的故居万方楼依山而建，其名取之于唐代诗人杜甫"万方多难此登临"的诗句。1935年，当时引起社会较大反响的"万

王昆仑故居 1（2021 年 5 月 12 日）

方楼会议"，就是他按照中共中央的指示开展的一次具体的统战工作的实践。为此，他还险遭国民党特务暗杀。

王昆仑的父亲，为江南显赫的贵族，家财万贯。他当年资助孙中山先生革命，毫不吝啬，并置下了鼋头渚整个园区的地产，建造了万方楼作为革命活动的场所。他的家中可谓时时高朋满座，解放前，孙中山、沈钧儒等名流是常客；解放后，毛主席、周总理等许多国家领导人也都曾登临此处。

王昆仑先生文学功底深厚，当时在天津南开中学任教，老舍、范文澜是他的同事，曹禺、王瑞骧等都是他的学生。他还编写了《红楼梦人物论》，是我国著名的红学大师。

王昆仑，借名昆仑山，名如其形，巍峨挺拔，气势磅礴，立于天地之中！

王昆仑故居 2（2021 年 5 月 12 日）

5. 钱昌照故居之行

钱昌照故居（2021 年 5 月 13 日）

　　一个嘈杂的大杂院里，周围不高的楼房中间，静卧着几间小平房。谁能想到，就是在这个不起眼的院落里，诞生了一位，也是我国第一位经济专家——钱昌照。他在新中国成立前曾任国民政府资源委员会委员长，新中国成立后曾任政务院财政经济委员会兼计划局副局长，还曾担任全国政协副主席。

　　中国自古以来就有重文轻工的思想。在三教九流中，"工"被排在倒数第二位，属于九流中的第八流。这种观念的影响，导致了在西方已经掀起了轰轰烈烈的工业革命，逐步成为列强的时候，中国还沉溺于小农经济。当"落后就要挨打"成为现实，外国的坚船利炮把中国的国门打开，屈辱才唤醒了国人的忧患意识。

　　钱昌照先生正是自幼看到了西方崛起而成为列强，中国落后而受到的凌辱，于是立下宏志，坚定地抱定工业救国、实业救国的人生奋斗目标。他20岁时考取了英国伦敦经济学院，后又毕业于世界著名的牛津大学研究经济。回国后积极投身于工业建设，把他在西方学到的现代经济的理论应用于实践。在抗战时期，他号召并筹办了国防设计委员会，进行地质、交通、人才等方面的调研，开拓性地开办了工厂矿山企业。他主持和领导了陕北油矿的发现、玉门油田的开发，不仅为中国石油工业的发展做出了贡献，更为抗战的胜利提供了物质的支撑。1947年当他看清了蒋介石反革命集团发动内战的丑恶面目后而与之决裂，毅然卸任资源委员会委员长一职。在卸任之际该委员会在全国已拥有技术人员 23 万人，工业门类达 11 个行业，100 多个公司，1000 多个工矿单位。新中国成立后，毛泽东、刘少奇、周恩来、朱德、叶剑英等国家领导人都与之有过亲切的交谈和交流，共商新中国经济发展之大计。

今日之中国，繁荣昌盛，国富民强，跻身于世界民族之林。我们有全世界最完整的工业门类，GDP 雄居世界第二，每年消耗的水泥占全世界的一半，祖国的面貌日新月异……我们有资格傲视群雄！钱昌照先生所处的那个水泥被称为洋灰、火柴被称为洋火、铁钉被称为洋钉的时代，一去不复返了。

钱先生所向往的工业兴国、实业强国的理想目标，今天已经成为了现实，他的梦想已经实现了！感谢他和他们那一代人为了今天所做出的不懈的奋争。

路途中又下雨了，磅礴如注。作为一名经历了上山下乡的知青，我对雨水有种特殊的情感。农民什么时间是假期？城里的人有双休日、节假日，而农民什么时候才能休息？只能命属苍天：下雨了，下不了地了，才总算有了自己的休息日。不仅可以暂时解脱体力的劳累，还可以去会会老友。回想年少时，当大雨瓢泼而下之时，人们大多躲避不及，而只有一个人在雨幕中光着脚丫子狂奔，那就是我——用雨水来涤荡岁月的征尘和汗水，用雨水去迎接身体和心灵的洗礼！今天在高速公路上，迎来一片雨区，蓦然暮色苍茫，天昏地暗。为了安全起见，我打开了双闪，踌躇而行。可能按风水学中所说的我是水命，好像我只要出远门，雨区总是跟着我，走哪儿下哪儿，老是钻在雨肚子之中。只好自嘲地说，我总是给人间带来甘露的滋润。

除了观故居的第五条路线——孤悬于塞外沈阳宁武老先生的

钱昌照故居院内（2021 年 5 月 13 日）

故居以外，至今已经完成了前四条路线的使命。历时近半年，驾着我的小白驹行程两万多公里。个中辛苦，个中快乐，无尽的回忆，无限的遐思……意犹未尽，荡气回肠。

继续努力，保证完成任务！

6. 柳亚子纪念馆之行

柳亚子纪念馆 1（2021 年 5 月 12 日）

一方水土养一方人，江南自古出才子。

柳亚子先生一生创作了7000余首诗，200余首词，真可谓才高八斗、学富五车。他还曾当过三天孙中山先生临时大总统府的秘书。

在20世纪初那风雨飘摇的年代，人们的思想都处于一种迷茫、探索和追求的亢奋之中，诞生了一大批以笔会友的团体和组织。柳亚子先生作为发起人和组织人之一，创立了全国性的革命文艺团体——"南社"，把一大帮对生活充满着憧憬的热血青年集结在一起，共同学习，互相激励，碰撞出生命的火花。他出版了22集诗文，汇为《南国丛刻》，成为了那个时代的文化符号，同时也奠定了柳亚子先生在全国文化界的地位。

柳亚子先生一生以笔为杖，以文为武，主编了当时颇有影响力的《复报》。因思想激进，《复报》只能在日本东京印刷，再寄回上海发行，成为辛亥革命时期，在海内外发行的重要革命刊物之一。

我们这一代人，从小就听说过柳亚子这个人，大多是通过学习毛主席诗词时所接触到的，都知道他是一个大学问家、大诗人。他与毛主席早在1924年国共第一次合作时就相识相交，成为朋友。他们不仅是诗友，更是毛主席与党外民主人士精诚合作的典范。

毛主席的诗友遍天下，他以诗会友，以诗交友，用高雅的艺术作纽带，遍寻天下才子。像柳亚子先生这样的贤达雅客，自然会成为毛主席的挚友。

柳亚子纪念馆2（2021年5月12日）

1945 年，重庆谈判之际，毛主席与柳先生重逢。诗友相见相聚，必然论诗讲词。柳先生献诗一首，并有心想讨主席一墨。毛主席将十年前力作《沁园春·雪》赠予，此刻，绝世之作横空出世。这首词，气吞山河，前无古人，后无来者，彰显了领袖的风采，是一首难以被超越的千古绝唱！它不仅仅是一首词，它是一卷宣言，它是一篇檄文，它是一部历史的教课书……不管你用多么优美的语言，都不足以表达它那气贯长虹的意境和气势。从第一次在语文课堂上，由老师激情满怀地朗诵开始接触到这首词，它一直陪伴着我，激励着我。它蕴含着磅礴的气势，激荡我生命里的热情绽放！

生活总是这样，未知在召唤着，挫折在等待着，此行又经历了一次波折一番折腾。明明导航明确引导着前往柳亚子先生的故居，却来到了苏州市姑苏区的一条小巷子里，待问及数人都说此地无此处。最后一位很负责任的老大妈热情告知，近期很多大学生也来到此地问此处，但她家世代居于此，真无此处。奈何？如何是好？

几经周折，事情有了转机。通过民革苏州市委会王秋芳主委的渠道，终于搞明白了，在吴江区黎里古镇上，有柳亚子先生纪念馆。二话不多说，拨马掉头，又折往上海方向开车一个多小时，终于来到了目的地。还有一个小插曲很好玩儿，古镇的小巷犹如蜘蛛网密布，曲径通幽。参观完纪念馆，又在路边店吃了本地的馄饨和烧麦，酒足饭饱后，却找不到回停车场的路了，真是急煞人也。又是一番周折……这就是最真实的生活，充满着未知、波折和趣味。

这就是生活的本质和魅力。

7. 孙越崎纪念馆之行

　　绍兴自古是出师爷的地方。可见，在这个地方，有着浓厚的文学氛围，有着深厚的文化底蕴。这里出了位闻名遐迩的孙越崎先生，不足为奇。他的父亲就是一名"秀才"。周恩来总理的祖上就居于此，他的先辈就是以师爷的身份去到苏北的淮安的。

　　孙越崎先生故居因 1942 年的一场大火毁于一旦，剩下的只有一口小水塘。在百度和高德地图导航上就搜索不到孙老先生的故居，好不犯难。好不容易从绍兴名人录里查到了故居，却又被浇了一头冷水，故居原址已被夷为了一口小水塘，而赶去还有意义吗？还好，终于捕捉到了一个信息：在绍兴市档案馆有一个孙老的纪念馆，兴奋之余，立马开奔，在一失一得间有了一丝欣喜。

　　孙越崎先生是当年中国的矿老大。

孙越崎纪念馆1（2021年5月8日）

　　他自幼勤奋好学，考上了上海复旦大学，后就读于天津大学矿业科，20世纪30年代，又出国留学深造，先后在世界著名的美国斯坦福大学和哥伦比亚大学读研究生。他抱着实业救国的坚定理念，放弃了国外优厚的生活待遇，毅然回国，向外国人主导着中国矿业开发的局面发出了挑战。在今天的百年老矿山中，都留下了他的足迹和事迹。在 20 世纪 30 年代，在他的带领下，于陕北延长地区打出了中国的第一口油井；在高寒戈壁的甘肃玉门，建成了我国第一座石油基地……他因而被喻为"煤、油大王"，这些能源有力地支援了抗战的胜利。他被当年的国民政府授予金质奖章，并升任为国家资源委员会委员长。

孙越崎纪念馆 2（内部）（2021 年 5 月 8 日）

　　随着形势的发展，到了 1949 年，国民党败退到台湾之际，孙老先生挺身而出，拒绝执行拆除工矿设备移往台湾的命令，并辞去了国民党政府中所有的职务，公开与国民党决裂，并通电全国，振臂一呼，宣告起义。在他的号召和带领下，保护了近千个矿山企业和三万多名科技人员，完整地移交给了新中国。

　　开矿，是一件非常让人敬佩的事业。没有下过矿井的人难以想象：周围漆黑一片，远处那影影绰绰的灯光就是生命的希望。高强度的体力劳动和长时间的作业消耗掉了人的精气神，只剩孤独与恐惧。旧社会矿工中流传"当兵是死了没有埋，下矿是埋了没有死"，个中的艰辛可想而知。

　　感谢矿工们吧，正是因为他们的付出，才使得我们今天的生活充满光明和富足。他们是一群值得世人尊敬的人！

8. 邵力子故居之行

一路疾驰，紧赶慢赶，到达邵力子故居的时候已过下午四点。明知纪念馆都是四点闭馆，还是抱着一种侥幸的心态前往探试。果不其然，大门紧闭，铁将军把门，甚是失望，不知如何是好。是干等着到明天？于是厚着脸皮带着一试的心敲响了邻居的家门，刚说明来意，却得到了一个意想不到的反问"你咋知道我有钥匙"？喜出望外，我的回答是"我看见你家门口挂着'光荣之家'的牌子"。老人听后甚喜，又是打开故居的大门，又是打开所有房间的灯，又是帮我照像，忙得不亦乐乎，一个和蔼可亲的老人。

于是很是感慨：只要真诚地去追索，总会到达彼岸，因为终会遇到贵人相助。

邵力子故居（2021年5月8日）

　　封建王朝时代实行科举制，学而优则仕。邵力子先生以他的天赋和学识考中了举人，只是当时已是清朝末年，本应走仕途之道谋一个清朝的官吏，但时代和命运却让他成为了一名反清的斗士。他在留学日本时加入了中国同盟会，是国民党的元老之一。

我们民革的先辈们个个都身怀绝技，不是战场上的英雄，就是文坛上的巨匠。纸质的刊物在今天看来已是过时的载体，但在以前，报纸是人们与社会沟通的主要途径和信息来源。邵先生就紧紧抓住这个阵地，以纸张为平台，以笔墨为武器，鞭挞社会的黑暗，引导人们的思想。他先后办过《神州日报》《民立报》《民生报》《生活日报》《民国日报》及副刊《觉悟》。仅办《民国日报》就亲任主笔达十多年之久。他写的文章是那个时代的强音，令人振聋发聩，引领着社会的思潮，产生了轰动社会的效应。最后使他官至国民党宣传部长。

邵力子先生有一个与张治中的"和平将军"齐名的名号，称为"和平老人"。1936 年西安事变后，国共开始第二次合作谈判，邵先生作为谈判代表之一，为抗日民族统一战线的建立做出了有益的贡献。1945 年抗战胜利后，毛主席亲率共产党代表团赴重庆谈判，邵先生又是国民党谈判代表之一，做了大量有利于人民的工作。1949 年国民党当局组织的南京政府和平商谈代表团再次指派邵力子为谈判代表之一，但这次和谈，却改变了他的命运。国共和谈失败，参加和谈的国民党代表，面临人生最大的一次抉择，何去何从？此刻，邵先生第一个站了出来，明确表态，不回南京了，彻底与国民党决裂，留在北平追随共产党。在他的威望和号召力的感召下，参加和谈的六位代表也纷纷响应。这一举措，在当时的政界引起了极大的轰动，昭示着世人：

国民党已经没落了，只有中国共产党才能救中国。这是人心所向，民意所指。

历史发展到关键的时刻，就需要关键的人物站出来振臂一呼，引领时代的发展方向。

邵力子先生与"三"字有缘，跨同盟会、中华革命党、国民党三朝元老；当选过三届全国政协常委、三届全国人大常委，并集政协、人大、民革三大常委于一身。

9. 翁文灏故居之行

什么叫泰斗？就是不可超越，就是唯一，就是一系列第一的创造者。在中国地质界，就有这样一位泰山北斗级的人物，他的名字叫翁文灏。列举一下他的建树，让人瞠目结舌：他是中国第一位地质学博士、中国第一本《地质学讲义》的编写者、第一位撰写中国矿产志的中国学者、中国第一张着色全国地质图的编制者、中国第一位考查地震灾害并出版地震专著的学者、第一份《中国矿业纪要》的创办者之一、第一位代表中国出席国际地质会议的地质学者、第一位系统而科学地研究中国山脉的中国学者、第一位对中国煤炭按其化学成分进行分类的学者、燕山运动及与之有关的岩浆活动和金属矿床形成理论的首创者、开发中国第一个油田的组织领导者……细查来共计十一项第一。

不可思议，莫知其因。他犹如站在宇宙的高端，俯瞰着一颗小小的星球，看清了它的面目，看透了它的本质，看准了它的规律……他在地质王国里自由地遨游。

一个人一生中能拿到一个第一，就必得倾其一生的精力，而且还要加上点运气。而这位老先生是怎么做到的呢？

他 13 岁时中秀才，后出国留学，获博士学位后回国，创办了中国第一个地质调查所，任该所所长。他不仅是地质行业的践行者，也是一位受人尊重的师长。他同时任北京大学、清华大学教授，任清华大学地质学系主任，1931 年兼任清华大学代理校长。

中国第一代地质工作者多为其门徒。

自然科学与社会科学是截然不同的两门学科，需要两种不同的思维方式和行为模式，而把两者结合于一身，并做到极致，此乃翁公也。作为一名科学家，后又从政，一不留神，任国民政府行政院院长。他是儒者，又是儒将，他是专家中的政治家，又是政治家中的专家。他 1948 年曾被共产党列为战犯，1951 年又是第一个回到北京参加新中国建设的前国民党高官。

他是一个奇人、超人！

他是一名学者：他出版的书举不胜数。

他是一名教师：培养造就了中国第一代地质工作者。

他是一名诗人：出版过诗集。

他是一名政治家：当过中国最高行政长官。

他创造了一系列不可思议，他的一生充满了传奇。

命运的安排让我在 1978 年考上了中国地质大学，成为了一名地质队员，成为了翁先生事业的继承者，无限荣光。感谢命运的安排！为有这样的先驱而自豪和骄傲。

10. 朱蕴山纪念馆之行

朱蕴山纪念馆（2020年11月7日）

在安徽省六安市，沿着一条蜿蜒起伏的小路，顺着小山沟走到尽头，在群山环抱的小盆地里，坐落着一座静谧的院落。而从山势水情来看，看似这个不起眼的地方，大有藏龙卧虎之势。

静怡的环境，悠然的风光，最易引发人们的遐想。可以想见，某个夜晚，一个人独自伫立在山岗之上，抬头凝望星空，低头沉思冥想——宁静而致远！就是从这个院落里，走出了一位民革的创始人，全国人大副委员长，第五届民革中央主席——朱蕴山！

蕴者，藏蓄、深奥也。

从此名即可领略长者的寓意。

朱蕴山主席早年参加同盟会，追随于孙中山先生左右。1927年，蒋介石发动反革命政变，朱先生愤然与之决裂，发表通电反蒋。在革命早期，朱先生就和中国共产党建立了友谊和信任的关系，工农红军长征到达陕北后，形势极不稳定，朱先生就接受中共的委托，多方奔走，运筹帷幄，促成了抗日联盟。抗战期间，朱先生团结联络国民党民主派人士李济深、龙云、刘文辉等，反对独裁专制，参与筹备了中国民主政团同盟。抗战结束后，又投身于反对内战、要求和平的民主运动。

朱先生是中国国民党革命委员会的创始人和领导人之一。1947年秋，受李济深、何香凝的委托，联络国民党民主派谭平山、柳亚子、陈铭枢等人参加了民革的筹备工作，并当选为第一届中央常委、组织部长兼政治委员会主席。1948 年 5 月，响应中共中央的"五一号召"，与李济深等人由香港启程北上，表示接受中国共产党的领导。

中华人民共和国成立后，朱蕴山参加了中国人民政治协商会议第一届全体会议，当选为政务院人民检察委员会委员，历任全国政协常委、副主席，全国人大副委员长，第五届民革中央主席。

朱蕴山主席出身名门，自幼受到良好的教育，曾中过秀才。由此他也十分重视教育并明白一个道理，要想改变中国面貌，从长计议，就要从教育和培养年轻人入手。只要有机会或者革命处于低潮期，回到老家期间，他就自己出资，自任校长大办教育，为此也散尽了家产。

他是一名著名的政治活动家，杰出的爱国人士，民革的重要创始人和卓越的领导人之一。他的一生，是不断追寻真理、不畏权贵、追求民主、奋起革命的辉煌的一生！

瞻仰故居，缅怀前辈，就是要追思他们革命的心路历程，就是要继承他们爱国、革命、民主的追求，就是要发扬他们坚持中国共产党领导的多党合作和政治协商制度、坚持走社会主义道路的信念，就是要光大他们为民族复兴、祖国统一事业奋斗终身的执着，就是要学习他们不计名利、团结同志、大局为重、无私奉献的精神。

11. 冯玉祥故居之行

冯玉祥重庆旧居（2021 年 4 月 15 日）

在民革前辈中，有一个人的名字如雷贯耳，家喻户晓。他就是冯玉祥先生，人称"布衣将军"。重庆的故居，合肥的旧居，泰安的墓地，一路走来，留下了我观故居行的辙印，也留下了老将军的足迹。

在安徽省合肥市，从张治中将军故居出发，沿巢湖水岸悠然而行，沿途风景如画，美不胜收。不足一个小时的路程，便到了冯玉祥将军故居。原本人们以为，南方人娇小多魅、多情善感，却不想在这美妙的南方水乡，却蕴育诞生了一个五大三粗的貌似西北汉子的"布衣将军"。

冯玉祥安徽合肥故居（2021 年 5 月 7 日）

冯玉祥将军自幼长得身高马大，13 岁就当了兵。他深知当兵的困苦，与士兵同吃同住同战斗，总是把自己混同一个普通的士兵。作风简朴、生活朴实的他因此而深得广大士兵的爱戴，得名为"布衣将军"。

他的英名还成就于抗战时期。从 1931 年的九一八事变到 1937 年的七七事变，这一段抗战史中，特别能够唤起人们记忆的就是冯大将军在察哈尔树起抗战大旗，拉起抗日同盟军，被推举为总司令，长城抗战唤醒了广大民众的爱国情感，成为那个时代举世瞩目的壮举。他的部属吉鸿昌将军临赴刑场时在雪地里用树枝写下的绝笔"恨不抗日死，留作今日羞，国破尚如此，我何惜此头"，不仅是吉将军慷慨赴死的豪情，更是那个年代冯玉祥将军抗战精神的写照。

1911 年辛亥革命的成功，推翻了几千年来的封建王朝。然而直至 1924 年，封建王朝的皇帝还在，还住在故宫里。只要皇宫还在，皇帝还在皇宫里坐着，这就是一种象征，引发人们对皇权的依附，随时都有可能发生复辟。张勋的五千辫子军进入北京，玩儿了一把复辟的闹剧，就是例证。袁世凯已经身为总统，却还要换名当洪宪皇帝，即是此中原因。当时的中国，风雨飘摇，思潮云涌：不仅复辟的势力在涌动，还有所谓的维新变法派提出"君主立宪"制的口号，妄图想象着像当年的日本和英国一样保留皇室；更有以孙中山先生为代表的革命党人，坚持推翻盘踞几千年的封建王朝，走新兴的资本主义的道路……中国将何去何从？

历史在呼唤，人民在期盼。呼唤和期盼一位在历史演变的关键时刻，能够横刀立马的大将，扭转乾坤，拨乱反正。冯大将军秉承"天不怕地不怕，敢把皇帝拉下马"的大无畏的彻底革命的精神，顺应历史，把控时局，把皇帝从皇宫里撵了出去，从民众信仰的神坛上拉了下来。

随后，他又力邀孙中山先生北上，共商国家发展大计，力图改变中国已经陷入的军阀割据、各持一方、时常混战的混乱局面。

第四趟观故居之行的最后一站，来到了泰山脚下的泰安市，拜谒冯玉祥先生的墓地。在中国流传着汉代史学家司马迁的一句名言："人固有一死，或轻如鸿毛，或重于泰山。"东岳泰山是皇帝祭天之地，是人们魂灵中的神坛，为圣洁之地。那座冯玉祥先生为泰安民众出资修建的"大众桥"的桥头，成为了他人生最后的归宿。

拾级而上，墓园四层台阶寓意着他人生的四个不同的阶段，伫立在此，肃穆庄重。这座纪念壁就是对他一生无言的、最后和最好的总结。

山东泰安冯玉祥墓（2021 年 5 月 15 日）

12. 张治中故居之行

张治中重庆旧居（2021 年 4 月 15 日）

　　盖棺定论。一个人一生能落下一个名号，每当世人提起他时，异口同声地加以评价，赋予共识，实乃不易。一是他能引起社会关注，算个风云人物；二是他能被民众称颂，那他肯定对历史做过有益的贡献。

　　张治中将军就被后人称颂为"和平将军"。

　　提起张将军，人们脑海里浮现出来的场景几乎都是1949年春的北平国共和谈。他作为国民党代表团的团长、首席代表，在全国人民关注和期待的目光下，身系重托，前往北平。而我的脑际里此刻却蹦出来一个这样的问题：为什么他能当团长，而非他人？这个团长可不好当，不是谁想当就能当，也不是你不想当就不当的。最简单的原因就是这个人敌对双方共同信任。能作为一个敌对双方都能接受并相信的人，可见，此人绝非闲辈。

　　作为国民党陆军二级上将，必有战斗的经历和战功，从北伐战争一直打到抗日战争，战斗一结束，他就交出兵权，从不争权夺利，也不崇尚武力。

　　张将军曾四次上谏过万言书，都是为了争取和平。第一次是在1941年"皖南事变"后，痛陈国民党破坏民族团结；第二次是在1945年，力言争谏，反对内战；第三次是在1948年，面对国内形势，力劝国民政府补正之道；第四次是在1949年，在北平和平谈判之际，阐明对时局的看法和对和平的渴望。

　　张将军以和平使者的身份和形象，三次身为团长，为和平奔走呼号：第一次是 1945 年的重庆谈判，第二次是 1946 年的三人军调小组，第三次是北平和谈。

张治中重庆旧居院内（2021 年 4 月 15 日）

1949 年中共中央邀请宋庆龄来北平参加新政协会议，周恩来的夫人邓颖超带着周恩来的亲笔信，前往上海相邀。宋庆龄女士欣然成行，并提出要先去北平会见张治中将军。可见张将军不管在共产党还是国民党中，总是有人在惦记着，想念着。一个人总是能够不被忘却，没有被时光的尘埃所掩埋，他必然就是一颗明亮的星！

张治中将军官至国民党中央政治部主任，三民主义青年团书记。团委系统是作思想工作的，需要的是热情、号召力。而组织部门的使命是要走进人的内心世界，知人善任，需要的是沉稳和深及人心的亲切感。这两种工作性质所要求的是两种不同的特质，一个是火一般的热情，一个是沉稳干练。这两者如此紧密地结合于一身，需要的是格局和修养，对理想不懈追逐的激情，更需要的是具有大海般宽阔的胸怀。

张治中先生有两所故居录于民革中央的文件上。一所在重庆市，故居是抗战时期张将军任国民党中央政治部主任时的官邸，是个寺庙改建的，称张治中旧居。走进去，给人的感觉庄严、庄重、深邃、幽远……另一所在合肥市，是他的家乡，称张治中故居。不知是本来南方水就多，还是风水学上真言，先辈们故居的院前总是有一池碧波。而张将军家门前的这湾池塘特别的大，莲叶显得特别的绿，好像喻意着他的胸怀的宽阔和心地的纯洁。

今天完成了第三条路线即云贵川之行的任务。于 4 月 3 日出发，17 日回到洛阳，共计 15 天。历经八个省市，行程 5900 公里，拜谒了五个城市的六位先辈故居。

继续前行！

张治中安徽合肥故居（2021 年 5 月 7 日）

13. 卫立煌故居之行

卫立煌故居 1（2021 年 5 月 6 日）

今天是 5 月 5 日，"五一"小长假的最后一天。经过一阵休整，伴随着假期返程的洪流，开启了第四条路线的行程，迎着东方的旭日，直奔东海方向而去。

笔者作为一名老地质队员，生活中的一种习性，就是在杳无人烟的崇山峻岭中，面对旷野，面对大自然，把空寂当作一种享乐。笔者如今虽然年事已高，过着悠闲的退休生活，但骨头缝里还残存着野性，总想当一头独狼。今天的行程，就是这种宿愿的体现：只身一人驾着我的小白驹出行，去享受孤独，触摸宁静，在寂寞的夏夜下仰头遥望无垠的星空，去品味空旷，敞开自己的灵魂，去遐想……

有一种说法：身体和灵魂，总有一个在路上。今天，我的灵魂和身体揉合在了一起，携伴同在路上。

第一站，直奔合肥。因为是"五一"长假返程的高峰，高速路上车辆拥挤，本来距离才 600 多公里，却耗时整整 12 个小时。精神头还好，不觉得累，就是眼睛有点迷糊。细想自嘲，真不应该与赶着明天上班的人争车道。

导航将我带到一片嘈杂纷乱的高架桥施工工地，蓝色围挡留出一条小路，沿路前行豁然开朗。一池碧水拥伴着一座恬雅的院落，拾阶前行，卫立煌将军全身铜像威武挺拔，醒目的大理石标牌：卫立煌故居。

卫立煌将军曾任抗战时期第一战区司令兼河南省主席、出国作战的远征军司令、解放战争时期的东北剿总司令，陆军上将。抗战时期的司令，面对民族存亡之际，敢于亮剑，用热血铸就起国之盾牌。阻止日军过黄河，著名的腾冲战役，生命运输线滇缅公路……无数次腥风血雨的战斗，打出了军威，打出了国威，被誉为"常胜将军"。

在 20 世纪 30 年代初的土地革命战争时期，他也曾是"剿共"的急先锋，曾任"鄂豫皖边区剿匪总指挥"，并因"剿共"有功，当年的国民政府还专门把一个县命名为"立煌县"。他的双手也曾沾染过共产党员的鲜血。而正是这样一个人，为什么思想上会发生 180 度变化，最后走上了与中国共产党合作的革命道路呢？

一次次的"围剿"，共产党为什么总是"剿"而不灭呢？共产党顽强生命力的源泉何在？这些理性的思考，一直在萦绕着他。

经历能改造一个人的世界观和格局。在"西安事变"中，他看到了中国共产党以民族大义为重，主张和平解决、促进团结抗日这种广阔的胸襟，这使他若有所悟；抗战时期，共产党顽强的不屈不挠的民族精神，更使他折服。

作为一个洛阳人，说起卫老将军，似乎较其他地域的人别有一份情愫，因为抗战时期第一战区的司令部就在洛阳。而每一个洛阳人都知道一处名曰"洛八办"的爱国主义教育基地。在"洛八办"，卫立煌有幸见到了周恩来、朱德、彭德怀、薄一波、左

权等共产党的革命家。耳濡目染，使他对中共的政治主张有了了
解，为共产党人的人格魅力所折服。洛阳也是他的福地，因为在
洛阳的经历，因为在洛阳奠定的基础，才最终使卫立煌将军走上
了与共产党合作共事的革命道路。

卫立煌故居 2（2021 年 5 月 6 日）

14. 陈绍宽故居之行

陈绍宽故居（2021 年 1 月 25 日）

中国是一个海洋大国，有着漫长的海岸线，海洋是资源，海洋是通道。在中国人站起来以前的历史时期，海洋不仅没有给国人带来利益，甚至还引来了灾祸。外国的坚船利炮，就是从海上打过来的，打开了中国的大门。

自从 1840 年鸦片战争的第一声炮响，国人就在思考中得出结论：武器不如人，于是出现了洋务运动。1894 年甲午海战的第二声炮响，警醒了世人：制度不如人，于是爆发了辛亥革命。

两次炮声，刺痛了中华民族的神经和躯体；两次炮声，都来自海上；两次炮声，是丧权是辱国。有海无防的海洋弱国，注定要受到西方列强铁蹄的蹂躏。

科技救国、实业报国，是当时青年对梦的追求。陈绍宽先生从小立下志愿，后考取了海军，立下了航海报国的志向，以此作为一名中华热血男儿宁愿为之献身的一项事业。

时代变迁，现在的人在填写报考大学专业时，想得更多的可能是好就业、行业工资高等个人因素。所缺乏的是，把国家的命运与自己的命运紧紧连在一起，把民族的时代的需求与呼声，化为自己的历史使命。填写报考志愿，是人生的一次选择，是要把自己的一生无怨无悔地献给一项事业。

陈绍宽先生就是那个时代追寻梦想、追逐真理、寻求强国救民之道的青年人的典范，他的志向就是：航海报国！

于是，他自愿走上了一条水与火、血与雨的注定不平凡的人生之路。

1919 年，他作为中国海军的代表，参加了第一次世界大战结束后的巴黎和会。他目睹了世界列强假和平真分赃的卑劣行径，切身感受到"强权即公理"，弱国无外交，弱肉强食、物竞天择的现实，激发了他为中华之崛起，一定要建立一支强大海军的志向。

1945 年 5 月，陈绍宽赴美国参加联合国大会，参与制定"联合国宪章"。8 月 15 日，日本宣布投降后，陈绍宽以海军总司令的身份任受降官，代表中国海军在东京湾美舰"密苏里"号上出席盟军对日受降仪式，继以中国海军代表身份，在南京出席中国战区对日受降仪式。作为胜利的使者和见证人，在他的身影中，我看到的是中华民族的尊严！

面对国民党反动派发动内战，陈绍宽义正词严，坚决反对。新中国成立之际，他看到了中华民族的希望，义无反顾地北上参加了全国新政协会议，走上了革命的道路。

在福州火车南站广场的一隅，有一座独处的院子，显眼的外观和与周边建筑不同的风格，体现着一种别致的风雅。大门口外伫立着一块黑色花岗岩的石碑，这是福州市人民政府为陈绍宽故居立的文物保护标识。

从建筑的风韵中，我仿佛能听到大海的波涛………

一路风尘，一程颠簸，一眼见识，一派收获。

从海南岛沿海岸线行驶，转道福建福州。每天，要规划路线，驾驶车辆。要对下一站拜谒的老人家的生平事迹作功课，要认真、投入地参观故居里的展板，拍照留作资料，追寻那些尘封了的回忆，品味前辈的奋斗历程和思想成长的轨迹。且要拿起笔来，写下感想和收获。

每天如此，乐此不疲。

观故居的全程经合理地规划，分为五条线。陈绍宽先生故居是第一条路线的最后一站。第一条路线：14 个故居点，13 位人物，11 个城市，历时 22 天。1 月 6 日早出，至 27 日晚归。全程 6600公里。

要感谢我的"小白驹"……

也更要向我自己道一声，"辛苦了！"

15. 廖仲恺何香凝纪念馆之行

廖仲恺何香凝纪念馆1（2021年1月21日）

距广州市孙中山先生大元帅府不远，一个学校的大门口，在一块蚀迹斑斑的铭牌上，经过仔细辨认，终于找到了1982年广东省政府公布的文物保护单位：廖仲恺何香凝纪念馆。纪念馆就坐落在仲恺农业工程学院的校园里。

校园大门口的边墙上，倒是有一块醒目的白色大理石标牌，金黄色的字迹书写着："仲恺纪念学校"，落款是何香凝。一块标牌上把两个人的名字紧紧地联系在了一起，就像唯一以两个人的名字命名的纪念馆一样，更是把志同道合的两个人的命运揉合在了一起。

每一个革命者，都有着一种情怀，都对生活充满着激情。这种内心的火焰，一方面在追求事业的道路上激励着自己，用刚毅的精神去战胜一切困难；而另一方面，在对待家庭、对待妻子上展现的则是一个男人的情长意深和柔情蜜意。

廖仲恺先生和何香凝女士就是一对革命的同志加恩爱的伉俪。廖先生因早年丧父，家境并不宽裕，就连两个人结婚都是在兄长家二楼的晒台上完成的，在临时搭建的小屋里度过了自己的新婚之夜。事情往往就是这样，越是住在豪华房屋里，却越容易滋生同床异梦；而在贫困的陋室里，以共同的奋斗来改变境遇的追求，会使两个人的心更紧地贴在一起。

每一个成功的男人背后往往都会有一个伟大的女人。新婚不久，廖仲恺年轻的心想要走出去看一看世界，想要去寻找前程和真理。然而情感的难舍难离，加之经济上的拮据，使他裹足不前。这时，一个伟大的女性的宽广胸怀展露了出来：何香凝毅然把她的陪嫁拿出来，成就了廖先生东渡日本求学的愿望。也正是在日本，他们遇到了改变自己命运的孙中山先生，从此开启了颠沛流离的革命者的生涯，成了孙中山先生最亲密的战友，最忠实的追随者、最忠诚的同志、最信任的助手、最离不开的左膀右臂。

廖先生是坚定的革命左派，对历史发展的脉络有着极强的把握力。革命风雨的洗礼，成功的经验和失败的教训，使他更清楚地看到：革命要想成功，军阀是靠不住的。必须要有自己的军队，必须要依靠工农大众，必须与共产党合作。孙中山先生提出的、对中国历史的演变与发展的进程起着重要作用的"联俄、联共，扶助工农"的新三民主义，与中国共产党的第一次合作等一系列思想和措施，都是在廖仲恺先生的辅佐、支持和倡导下实现的。也正因为如此，军阀和反动派将他视为眼中钉，恨之入骨，必欲除之而后快。1925 年 8 月，在孙中山先生仙逝五个月后，他倒在了敌人的枪口下。

他的牺牲，震荡着整个社会，唤起人们的思考。直至 1927 年 "四一二" 大屠杀，这一系列血的事实，反动派的反革命嘴脸更彻底地暴露了出来。这些历史事件的演变，催生了中共 "八七" 会议的召开，引发南昌起义、建立井冈山根据地……中国革命进入了一个新的历史时期。

何香凝女士不仅是廖仲恺先生的夫人，更是他亲密无间的革命战友。他们风雨同舟，相濡以沫。

何香凝作为同盟会的第一名女会员，和丈夫两人一起共同辅佐孙中山先生，历经腥风血雨，矢志不渝。他们在日本的家就是革命的据点，就是众多革命者聚集的场所。作为这个家庭的主妇，何女士的热情好客、豁达知理，不觉中产生了一种聚集力。使人虽身处异国，却心有归家之感，她就是那位女管家。他们的家，一直都处于中国政治生活的中心，从他们的家中流淌出来的欢声笑语，让人仿佛都能嗅到真理的气息。

回望历史，有很多的现象让人匪夷所思，不可思议：女人为什么要裹小脚？就为了"女子无才便是德"？就为了大门不出二门不迈的贞德？可以想见，中国当时的社会之阴暗，妇女的地位之低下。

作为一名革命者，就是要破除一切陋规恶习；作为一名妇女，就是要倡导并引领社会和广大妇女同胞翻身解放的运动。何香凝女士编撰檄文，发行《妇女之声》杂志，在广州市举办了中国历史上第一次纪念"三八"妇女节的声势浩大的活动……作为国民党的第一任妇女工作部部长，她是一面旗帜，在她的引领下，一举扫除了罩在人们头上、裹在妇女脚上的陋习，推动了妇女解放运动，推动了社会的进步。而且在她的极力坚持下，国民党

"一大"通过的宣言里还专门作出表述："于法律上、经济上、教育上、社会上确认男女平等之原则，助进女权之发展"，从而确立了妇女在社会各方面享有平等合法地位的原则。

廖仲恺何香凝纪念馆 2（2021 年 1 月 21 日）

　　何香凝女士作为一名德高望重的同盟会的元老，孙中山先生亲密的战友，在中国的政坛上拥有很重要的话语权和影响力。在历史的演变过程中面对错综复杂的局面需要作出选择的时候，她毅然走上了革命的道路，与搞独裁、打内战的蒋介石反动派坚决决裂，与以李济深等一大批深明大义之士同建了一个革命的政党：中国国民党革命委员会。她响应中共的"五一号召"，北上赴京，参与筹办了第一届全国人民政协会议。

　　中华人民共和国成立后，她历任全国政协副主席、全国人大副委员长、民革中央主席。

　　何香凝女士在日本留学期间学习的是绘画，她不仅把画画作为一种对美的追求，更把画笔当作革命的武器。当年起义的军旗、安民布告告示的花样、军用票的图案等，大多出自她之手。她曾任全国美术家协会主席。

　　截至今日，她老人家虽然已驾鸾仙逝了近半个世纪，但2018 年发起的，每两年举办一次的"香凝如故"全国性的美术作品展，仍在不断地举办和留传下去。她的名字已经成为了一张名片、一个符号，将永远被留在历史上。由此，她的生命也得到了延续！

16. 蒋光鼐故居博物馆之行

　　在广州市闹市区的一隅，有一个小桥和流水组成的小游园。在游园边的一条小胡同里，一座不显眼的小楼的门楣上，挂着一块黑底绿字的牌子：蒋光鼐故居博物馆。

　　蒋光鼐先生出身豪门，他爷爷是清朝的进士，他的父亲是举人，所谓的"豪"，不是指他的祖辈为他留下了殷实的家业，而是指他继承的是书香承载的家风，通今博古，知书达理。然而，一生对他影响最大的是他的母亲。她看透了当时中国官场的昏暗，时局的日颓，临终前对儿子寄予无限的希望，要求儿子"弃文从武"，寓意是：要彻底改造社会。

　　蒋光鼐先生不负母望，从小就读于军校，毕业后追随孙中山先生加入同盟会，曾任大元帅府警卫营第一连连长，并参加了辛亥革命，被编为敢死队。后又参与"二次革命"、北伐战争……直至抗战时期，任第十九路军总指挥，领导了举世闻名的淞沪战役。淞沪战役不仅仅是一场战斗，更是民族大义的唤醒。每一个中国人都会在回忆起那段历史时，脑子里显现出电影"八佰"所展现的画面。十九路军的英勇抗战唤醒了每个战士的英雄情结和牺牲精神，唤醒了全国人民抗战到底的决心和勇气。国若亡家安在，匹夫有责。民族大义不是书面上的口号，而是对生命最大的考验，验证以蒋光鼐先生为代表的中华儿女的血性！

"衣食住行"是使用频率很高的一句口头禅，是人们对生活的重要性的排序，衣服被排在了人们日常生活的第一位。在改革开放之初，人们终于从打开的大门走出去，领略世界风采时，是这样描述法国巴黎的："你在大街上看一百个人，没有任何两个人的服装是一样的。"那时的中国只有两种色调，蓝色和灰色。由此可见，衣服，不仅是遮寒挡风的物件，也更是一个时代的标志，是一个社会形态的外在的表现形式。就像人类的进化史，猿人拿树叶遮丑避寒，后来形成的产业及丝绸之路的文明路线，都无不说明衣服的重要性。

中华人民共和国成立初期，中国从战争的废墟中走了出来，战争给人民带来的灾难苦不堪言。食不裹腹，衣不蔽体。百废待举，百业待兴。"吃得饱，穿得暖"不仅仅只是当时的一句政治口号，更是一项迫切的政治任务。

于是，为了穿得暖，专门成立了纺织工业部。天降大任于斯人也。万将丛中，中央慧眼识英雄，蒋光鼐先生有幸成了中华人民共和国第一任纺织工业部的部长。

蒋光鼐故居（2021年1月22日）

历史的责任，人们的生活，社会的期望，沉甸甸的担子压在了这个弃文从武又弃武从政的将军身上。他身担着责任，心系着民众，呕心沥血，励精图治。在纺织部长这个位置上一干就是15年，直至生命的完结。这就是执着，这就是使命感。

为了抓好纺织原料棉花的生产，他踏遍了祖国的山山水水。为了不跟粮食争土地，他英明决策，大上化纤布料。如今，中国已经成为世界第一化纤生产大国，不仅解决了14亿人的穿衣问题，还将其出口到全世界二百多个国家和地区，约占全球纺织服装贸易总额的四成，这是非常了不起的成就。此时，人们不能忘记蒋光鼐等老一辈创业的艰难，这是他们这代人筚路蓝缕，为祖国富强和人民幸福做出的巨大贡献。

1988年12月17日，在纪念蒋光鼐诞辰100周年的大会上，中共中央对蒋光鼐的一生作了高度评价："蒋光鼐先生是中国国民党革命委员会的一位卓越的创始人和领导人，是同中国共产党长期合作的亲密朋友，他把自己毕生精力献给了中国民主革命和社会主义事业。他的爱国精神和历史功绩，坚定不移的政治节操，严于律己、宽以待人的品德，永远值得我们学习和纪念。"

17. 李章达故居之行

几经周折，终于在一个小巷子里找到了李章达先生故居。门口挂了两块白色的牌子，一块是东莞市人民政府颁发的历史建筑的牌子，另一块书写着李章达故居。

屋子是有人居住的民居，一位高龄老太太很热情好客，但就是听不懂普通话。

李章达这个人最大的特点，就是忠诚。谁有资格胜任孙中山的警卫团团长这一岗位？

李章达这个人最大的优点，就是实干。民革在 1947 年底筹建之时，千头万绪，谁有资格承担秘书长这一职责？

李章达故居（2021 年 1 月 23 日）

他这一生也许只干了这两件事情，他不是一个大人物能操控历史的进程而叱咤风云，但他朴实无华的生命就像太空中一颗耀眼的星星熠熠生辉。

李章达故居是宝贵的历史文化资源，2015 年被民革中央指定为民革前辈故居及纪念场馆之一。

18. 谭平山故居之行

"爱国，为公，奋斗"是谭平山先生毕生秉持的人生格言，并以这六个字来严于律己、修身立德。

门前一湖碧水，简洁的小院里，坐落着面对的两排平房，非常简朴。而就在这 120 平方米的建筑内，生养了谭先生兄妹五人。想着谭先生为革命所作出的贡献，看着眼前的简陋和质朴，内心深处生发出深深敬意。

民革的前辈们都有一个共同的特点：幼年时就有一颗躁动、进取之心，就有一个忘我的追求真理之梦，都有一个明确的人生规划和追寻。谭平山先生也无外乎如此。早年追随孙中山先生加入同盟会；为五四运动的主要领导人之一；后考入北京大学参加李大钊组织发起的马克思主义研究会；共产党成立后任中共广东支部书记；1927 年参加南昌起义，因之，被国民党开除了党籍。

谭平山纪念馆（2021 年 1 月 20 日）

新中国成立后,组织上把他放在了政务院人民检察委员会(监察部前身)的岗位上,任主任。这个任命看中的,就是他个人的为人和人品,他对理想的追求和高尚的情操造就了他的忠诚和可靠。把他放在反腐倡廉的岗位上,就是要以他正直的人格、清廉的节操,来作为一面旗帜、一种倡导、一种号召。

他是新中国成立后第一批反腐倡廉工作的负责人之一。他们的付出,为今天的此项工作奠定了坚实的基础,并留下了宝贵的经验。

19. 陈汝棠纪念馆之行

陈汝棠纪念馆 1（2021 年 1 月 20 日）

从观故居的行程中，领略各位先辈的成长过程、历史背景、经受的磨难和心路历程……品读出了他们身上的一个共同的闪光点，就是处在低潮和失落时，不气馁、不迷茫，坚定自己的信念，努力回报社会。

当遇到挫折，甚至遇到了失败，前途一片迷茫时，怎么办？怎么渡过这个艰难的阶段？凡夫俗子往往经受不住打击，意志消沉，唉声叹气，像个怨妇一样抱怨命运，躲在一个黑暗的角落里自怨自艾。

革命者的共同特点，就是胜利时乘胜追击，一鼓作气；在失利时对信念的坚守，对毅志力的锤炼，抗击打能力的提升，心理的煎熬……这才是对一个人极大的考验，是一场对人生的考试！

陈汝棠先生和其他先辈一样，人生充满着坎坷和波折。可敬的是，在最能考验一个人的人生低谷阶段，他毫不气馁，不是消极地抱怨，不是跟着命运走受其摆布，而是抱定目标，相信革命一定会成功。他崇信孙中山先生"历史潮流，浩浩荡荡，顺之则昌，逆之则亡"的规律，在逆境中坚守信念毫不动摇。

在大革命失败后，和许多先辈一样，他选择了回乡办学。

他相信，文化永远是中华民族的根，修路、架桥、办学，永远是报效家乡、报效祖国、恩泽社会的义举。

不能虚无度过，更不能消极应对，应以积极的心态面对现实，低调地做些有益于自身休养、有益于社会的公益，是最好的选择。

陈汝棠纪念馆2（2021年1月20日）

现在故居所在，就是陈汝棠先生当年创办并亲自担任校长的县立第三小学旧址。我拜谒之时学校正在修缮之中，看到故居将要焕然一新，我为那些出资单位和出资人点赞。这不仅将使革命的纪念物品长存，更使革命的精神永存。

陈汝棠纪念馆3（2021年1月20日）

在故居门前，是一座醒目的陈汝棠的胸像雕塑，从他那慈祥的面容，我们能看到一个革命者，一个老师，一个校长，那历经沧桑、从容应对、笑谈人生、纵观历史的胸怀。雕塑背后有一棵巍峨大树，好像是寓意着十年树木、百年树人。

这棵红椿树已有 100 多年的历史，斜阳照来，一片光影，俯抱着陈先生的雕像，陪伴着一代又一代人走过。

20. 蔡廷锴故居之行

自 1931 年九一八事变之后，由于日本帝国主义的侵略，中国大地，哀鸿遍野，一片硝烟。在国人中，出现了以汪精卫为代表的投降派的声音，甚嚣尘上。而国民政府采取消极抵抗，虚无地等待着所谓"国联"的调解，不停地电催前线正在浴血奋战的将士们后撤。作为当年的"国府"，不仅不能给予人民以希望和鼓舞，还一味地消极避战、卑躬屈膝，让人民感觉不到希望，让国人失去了方向。痛哉，恨哉！

中国将何去何从？

难道有着五千年文明的古国，就这样没有尊严地屈服吗？

问苍茫大地谁主沉浮？

谁能横刀立马？

　　时代在呼唤，呼唤一位叱咤风云的英雄，挺身而出，振臂一呼。唤醒中华民族的自尊，唤起全面抗战、宁死不屈、不做亡国奴的激情。

蔡廷锴故居 1（2021 年 1 月 9 日）

他，就是蔡廷锴先生，在民族存亡的关键时刻，在长官蒋光鼐的领导下，他指挥着将士奋战在上海淞沪战场。他们这一战，唤醒了全国上下同仇敌忾的抗战意志；他们这一战，彰显出中国人不怕死的民族精神。

蔡廷锴故居2（2021年1月9日）

面对强敌，面对选择，最能考验一个人、一个国家的，就是意志力。就当时的实力对比来看，日本当年钢产量是 380 万吨，中国才 4 万吨，日本是中国的近百倍；日本年产飞机 1500 架，而中国是零……面对这些相差很大的数字，中国似乎没有一点希望了。但决定事物的发展进程的，不仅仅是数字，不仅仅是经济，更重要的还有精神，还有正义的感召力！

站在蔡廷锴先生故居门前的小广场，在他骑马英姿的雕像前留个影，拿捏了半天，摆个什么姿势才能与他那叱咤风云的风采相衬？

21. 李济深故居之行

一处院落，在群山环抱中绿意盎然。一湾溪水，似玉带绕院而过，一簇簇翠竹和门前一池碧莲，仿佛在彰示着主人的高洁。

正是从广西梧州浅山区的这个院子里，走出了一位伟人，一个领袖，一个奠基者，一个开创者和缔造者。

一个政党作为一个社会组织，就是一群志同道合的人组成的一个群体。要把这些人凝聚在一起，形成共同的思想，对外展现出强有力的一个声调，对内统一思想，统一意志，步调一致，团结一心，最需要的就是一个卓越的领头人。

一个站在时代的潮头，挥舞着一面大旗的号召者、引领者。

他的魅力，光芒四射，让人趋之若鹜。他的经历，充满传奇，让人肃然起敬。他的思想，洋溢火花，让人感染鼓舞。

　　他就是我们可敬的领袖，中国国民党革命委员会的缔造者、创始者和创办者之一，第一届全国委员会的首任主席，李济深先生。

李济深故居 1（2021 年 1 月 9 日）

李济深故居 2（2021 年 1 月 9 日）

　　在中国近代军事史中有一个响亮的载入史册的军校：黄埔军校。李济深先生年轻时考入广东黄埔陆军中学（即黄埔军校的前身），与黄埔结下了不解之缘。他作为黄埔军校的创建者、亲历者之一，曾任副校长。他为各期毕业生做"同学录序"时，谆谆教导，殷切希望，号召黄埔将士，爱国、进取、正义。他的思想浸润着每一位黄埔学生的心，以至于在解放战争时期，他以师生之情，振臂一呼，直接或潜移默化地促成了许多国民党部队走向起义的革命之路，为新中国的成立立下了不可磨灭的汗马功劳。进而，他成为新中国第一任国家副主席，是中华人民共和国的缔造者之一，同时也使他创建的中国国民党革命委员会，成为了重要的民主党派之一。

1949年，新政协会议能否顺利召开，取决于各种因素和条件，其中重要一条，就是以李济深为代表的各民主党派人士能否出席。因为只有这样，新政协才更具有广泛性和代表性，更能取得全国人民和世界各国的认同和承认。在中共的秘密安排下，躲过国民党特务的严密监视，李先生从香港乘苏联货轮，终于来到了解放区，参加了中国人民政治协商会议筹备工作，迎接了新中国的黎明。

民革中央为李济深故居修建的一条以红色为主调的文化长廊，很有寓意。徜徉其中，思绪满怀，心潮澎湃，让人品味长者的风采，让人感悟历史的脉络。

22. 黄绍竑故居之行

　　从蔡廷锴将军祖居到黄绍竑先生故居，算里程只有106公里，一导航，选择高速优先，无奈全程没有高速公路可走。只好历经国道、省道、县道、乡道、村道……历时近四个小时，一路好辛苦，真练车技了。

　　观故居行，一路走来，有一个地方显得很特别。现在全国大大小小的博物馆、展览馆基本都是免费的，而在一个偏僻的小山村里，有一位老先生的故居展览馆却收门票，虽然价格不贵，就十元钱，但说明这座故居很有特点。

　　说起黄绍竑先生，知名度似乎不是很高。而说起李宗仁、白崇禧可谓人人皆知。其实他们三人是铁三角的关系，人称"桂系三雄"。各尽所能，各负其责，组成了一个坚强的团队。

1949 年，北平和谈，代总统李宗仁对谁都不放心，就派自己的臂膀心腹黄绍竑参与其中。谈判实际上是一项很特殊的工作，双方立场不同，所提出的条件不同。作为亲历者，更能看清事情的缘由，最能体会到双方的立场和态度。最后和谈破裂了，也使黄先生看清了国民党的本质，不是以国家和民族的利益为根本，而是以一党之私利为出发点，不惜伤害国家和民众的利益。同时也使黄先生看清了共产党深明大义，只有他们才能代表时代的潮流，才是中国的未来和希望。于是，黄先生选择了光明，毅然决然地与国民党决裂，从香港北上，参加了第一届中国人民政治协商会议，走上了革命的道路。

他是一员武将，还是一个文官？

文武有一才而称才，文武双全，集热血与慎思，集冒险与沉稳于一身者，乃奇才。

他治军有道，治政有方。

黄绍竑先生军人出身，官至军长，将军称谓，可谓戎马半生，他是从腥风血雨中提着脑袋闯出来的。

然而，形势有变，他的家乡广西，需要一位儒将来治理，以巩固后方，建立立足之根据地，为前线提供后勤保障。顺应时代，转做行政，他把广西治理成当年全国的典范。而且日后主政浙江、湖北，政绩频出，社会稳定，民康物阜，传为口碑。

黄绍竑先生的一生充满着传奇。

黄绍竑故居（2021 年 1 月 10 日）

　　黄先生的故居，也独树一帜。这是一处独具特色的建筑群，很有特色。大门口旁边还设置了 160 平方米的游客服务中心，极具旅游景点的特点。收取门票十元钱的做法，为故居如何才能长期维护、完好如初地保存下去，做出了一种尝试。

23. 陈铭枢故居之行

陈铭枢故居（2021 年 1 月 10 日）

观故居行最难走的一段行程，就是到陈铭枢将军故居，其中有六公里左右的乡村路。即使迎面来了一辆摩托车，也要停下来才能错过去，真的不容易。一个急转弯，柳暗花明，一座别致的黄色的二层小楼映入眼帘，终于到了。

真不知道在如此僻壤里怎么能育出这么伟岸的英雄。

在陈铭枢将军故居，我遇到了一个值得尊敬的人。他是陈家后代，受陈将军之子委托，照料故居。他以前在外闯荡做生意，有着不菲的收入。但现在，一心扑在故居的建设、维护上。一面十几米长的汉白玉，铭刻着陈将军事迹的照壁，远从福建运来，一个月前，2020 年 12 月才就位。如此这般，可见一分辛劳，可想一分不易。

我们两双手紧紧握在一起。

他说，感谢我能来拜谒将军故居。好像是他的辛苦得到了承认。

我说，应该说谢谢的是我。作为一名民革党员，感谢他为我们的前辈的所作所为。

遗憾，忘了问他尊姓大名。

陈铭枢先生似乎在世人心中的知名度并不是太高，但只要举出以下几段经历，即可知其为人间翘楚：1911 年辛亥革命时期，他率领南京陆军中学同学蒋光鼐、李章达、陈果夫等十余人到武汉参战；1927 年北伐战争时期任军长，蒋光鼐任副军长，蔡廷锴任所属师的师长；1931 年陈铭枢任国民政府行政院代理院长，陆军上将军衔；1948 年，三民主义同志联合会与民主促进会合并成立了中国国民党革命委员会，他当选为常务委员。

当年一些知名人士都曾是他的部属，可见陈铭枢先生人品之好、威望之高、格局之大，深得众人的佩服。

24. 刘文辉故居之行

2020 年 11 月，循着夏天北上避暑、冬季南下御寒的原则，奔着云贵川方向，历时 12 天，无目的地盲游了一番。这也正是洛阳地处中原的优越性：四季分明，随着季节的变化四处出游，以适应皮肤对温度的需要。

时间未及半年，又踏上了西南行程。然而，虽然路线上大部分重叠，但内涵却完全不相同。犹如以前的房车，像只没头的苍蝇，只是在寻找对孤独和寂寞的解脱，是一个没有灵魂的空壳，一堆零件组成的机器。而今天，它承载着观故居行的重任，就像去西天取经的白马一样，被赋予一身责任和使命，便有了生命。与人们为了纪念去西天取经而历尽风霜、不弃不离的驮经白马，于是将藏经寺院命名为"白马寺"一样，我的房车也被我命名为小白驹。

昨晚又下了一夜细雨，空气湿淋淋的。作为一个北方人，真领略南方的湿气了。在峨眉山上，推开宾馆房门，发现电视机亮着，以为走错房间，茫然。一问服务员方知，人家这儿的电视机不管有无顾客，一天24小时总开着。否则，会因潮气而损坏。

时隔数月，又一次来到大邑，站在同一个位置上照相，只是手里多了一条红色的"观故居行"条幅，但感觉和心情却完全不同。一个旅游者，多为放松心情，增长阅历，丰富生活。而我们此行，是为了响应民革中央的号召，是为缅怀先辈，回味历史而来。

再一次站在了展板面前，因为心态的不同，虽然内容相同，却让我看到和读懂了更多的信息。

刘文辉将军联合邓锡侯、潘文华等爱国将领，于1949年12月9日宣布发动四川起义，给"蒋家王朝"最后重重的一击。10日蒋介石就仓皇地离开了大陆，走上了不归路。

展开全国地图，细观之，解放战争时期因起义而解放的领土，如北京、湖南、云南、四川、新疆等，约占全国面积的五分之二。可见，党的统战理论和统战政策，顺应时代，深入人心，发挥到了极致，实现了不可估量的社会效能。于是，中国共产党在回首和总结胜利的经验时，把统战列为三大法宝之一。

刘文辉故居 1（2021 年 4 月 14 日）

　　斗转星移，时代变迁，但一些根本的、基本的、决定事物发展方向的规律是永远不会改变的。在打天下时，统战政策发挥了不可小觑的作用。同样，在和平建设时期，在改革开放、经济建设的更长远的历史时期，统战工作还会发挥它不可替代的作用。因为这是我们在制定国家的基本体制时就已经决定了的，就是中国共产党领导的多党合作制度。民主党派既是国家政权的参与者，也是在参与过程中起到监督作用的一种力量，这就是参政议政。如何使统战的政策得以充分实践，使整个社会在监督下能够更加健康地快速发展，这是在中国特色社会主义发展阶段的一个永恒的话题。

一个成功之人必有可敬之处。刘文辉先生的一句名言最充分地表达了中华文化，也彰显了一个将军的格局："如果县政府的房子比学校好，县长就地正法。"每当当地人提及那个时代四川能够成为"芙蓉国"，都会联想到教育的作用，都会追崇刘先生的这句名言以醒后人。

人生经历，就是由抉择组成的。每一次抉择都是一次转折和蜕变，每一次抉择都面临着错综复杂的局面，每一次抉择都面临着成功或失败，都会使人走上一条不可预测的道路。

站在人生的十字路口，何去何从？哪一条才真正地通向光明？刘文辉一生中有三次反对蒋介石的经历，为什么前两次都失败了，而最后终于走上了康庄大道？原因很简单，前两次都只是军阀之间的内斗，争地盘，争权力，争一己之利益。而1949年的反蒋，他选择的是一条与人民合作之道，与代表了广大群众利益的中国共产党共谋的道路，放弃了自我，把自己置身于革命的洪流，才终于找到了革命的光明大道。新中国成立后他被委以国家林业部部长重任，使自己的生命获得重生。

　　人生路漫漫，走好每一步。

刘文辉故居 2（2021 年 4 月 14 日）

25. 熊克武故居之行

春风煦煦，万物复苏。在春风的吹送下，我们来到了乐山市一个偏僻的小镇上，当街一路两旁鳞次节比地排满了经营各种物品的小店铺。临街一个拾阶而上的门庭庄肃厚重，颇有鹤立鸡群之感，显得十分的醒目，因为由外及里跃入眼帘的是三块庄严的扁额，分别上书着："熊克武先生故居""辛亥元勋""天下为公"。

纵观熊克武先生的一生，在民革前辈中，在民革中央发的观故居的名单上，极具共性：早年追随孙中山先生加入同盟会，后参加北伐战争，历经封建割据，称霸一方。人生低潮时办学育人，再后来与蒋反目，在解放战争时期走上革命的道路，参加了新中国筹建的新政协，成为民革中央的领导……他的人生轨迹，是那个时代特征的缩写。

　　人生是由经历组成的，经历是由回忆组成的。一个人老了的标志，往往就是沉浸于回忆之中，用回忆来捋清自己的人生。

熊克武故居（2021年4月12日）

熊克武故居参观（2021 年 4 月 12 日）

　　熊克武先生在 1970 年年届 85 岁高龄，弥留人间的最后日子，站在人生的一个制高点上，对自己的一生作了回顾。他上书毛泽东主席，坚信"唯有共产党才能拯斯民于水火、致国家于富强"，并以自己能在中国共产党领导下为社会主义事业贡献微薄之力而感到无限欣慰。执笔畅述后，熊克武先生安详地合上眼睛，离开了人世。

他知道"毛主席日理万机，能不能收到和看到这封信都是未知，但他还是抱着一份虔诚、一个愿望，来把自己的心声倾诉，以明心志。他要说的就是一句话：坚守信念！

他相信，他这颠沛流离的一生，最初，追随孙中山先生追寻救国之路踏上了革命之道；最终，跟随共产党毛主席，追寻强国之路，这必将是一条光明正道，死而无憾。

朴素的建筑，朴实的民风，显现着山区小镇的风韵。物价的低廉，性价比的诱惑，激起人们扫货的激情。不仅在拜谒故居时吸收了精神食粮，满载车厢的土特产，也使参观的人们在物质上得到了满足。

春风又送我踏上了新的征程……

26. 龙云故居之行

龙云故居（2021 年 4 月 11 日）

多少有点历史知识的人，每当提起龙云之名，都会想起"云南王"之称。云里龙，腾云驾雾；龙入云，见首不见尾。雄霸一方十八载，真可谓一代枭雄。

作为一个地方的军阀，战乱纷争之年代，当政登魁十八年，实属不易。盖棺定论，以今天的眼光看其人生之路，观其闪光点及对历史的进程所起到的作用，也能勾勒出一个旧军阀为什么最终能走上革命道路的心路历程。

路之道也。但有些路不仅仅是驮物的载体，而且与国家和民族的命运联系得如此紧密。全世界没有任何一条道路可有资格与此相比，那就是举世闻名的滇缅公路。

这条路在中国境内近千公里，修建桥梁 200 多座，涵洞 1700 多个，80% 都是在悬崖陡峭的崇山峻岭中穿越，在当时没有机械设备、缺少炸药的极端艰难困苦的原始条件下，近 20 万人硬是用自己的双手，用他们的血肉之躯，修出来这样一条拯救国家命运的生命线，成为了抗战时期唯一的对外联系的通道。决定战场胜负的军需物质，源源不断地输向前线，为抗战的胜利作出了不可估量的巨大贡献。

这条路与国家的命运联系如此紧密，细琢原委，这条路是龙云将军的杰作。在东南沿海即将被敌军占领，一切对外通道都将被切断的困境下，他用军事战略家的超前眼光，纵观战场变局，主动请缨，立下军令状，仅用九个月的时间开辟了这条维系民族命运的天路。在国家面临危难之际，敢于挺身而出，忍辱负重，承担历史的责任，他是民族的英雄！

这条公路，是我们中华民族不屈不挠、自强不息精神的彰显，是一个奇迹，是一道不可逾越的"万里长城"！

一条玉带躺卧在云贵高原上，其中一段，著名的九曲十八弯，至今还是一道靓丽的风景线，让现代人体会驾驶的激情与挑战。

一个单位、一个地区的主政者，他的理念决定着这个单位、这个地区的兴衰。龙云虽然出身于少数民族，自幼习武，受教育程度不高，但他深知教育是立足之本，是千年大计，他对教育的重视和偏爱造就了一个制高点，成就了日后的西南联大，功不可没。还有一说，当年蒋介石去云南就住在西南联大的前身云南大学里，因为在云南再也找不到比云南大学更好的房子了。

奇迹般的公路，奇迹般的大学，不断地去制造、创造奇迹，才是推动历史发展的原动力，才能成为历史的推动者。

按照中国传统文化，修路、架桥、办学是至高无上的善事。龙云先生概其一生，其实也就只干了这三件事。就这三件事，不仅为自己的家乡作出了突出的贡献，更因所处的战火纷飞的年代，而为中国抗战的胜利作出了巨大的贡献。

于是，他在世上留下了英名。

他是一块冰，他是一枚玉，他是一团火。

27. 杨杰故居之行

杨杰故居（2021 年 4 月 8 日）

正应了那句话：清明时节雨纷纷。春暖乍寒，虽已入了 4 月，淅淅沥沥的春雨依稀让人感到淡淡的寒意，似乎还想抓住冬天的尾巴，很不情愿离开季节的舞台。今天是 4 月 3 日，明天是清明节。赶在前几天先祭拜了家里的先人，正好利用这个假期，怀着一颗虔诚的心，在殷殷的期待中，开始了观故居行第三条路线西南方云贵川之行。

苍山洱海，有山有水，水山一色，构成了大理七彩之云南的一幅美丽的画卷，一个充满着浓郁的爱的旅游胜地。四季常春的气候，养眼的绿色，热情好客的白族人，让每一个到此一游的人都会留下深刻及美好的印象。

杨杰先生，就是一个在此环境中诞生和成长的白族人。他是公认的杰出的军事家，战略家，官至上将，陆军大学校长。他著书立说，是在中国军事学领域泰斗级的人物。他从小极具天赋，看书过目不忘。在日本留学期间，因成绩特异，受日本天皇亲赐战刀，一个外国人能得之极其不易。上海当年的法租界有一条著名的霞飞路，是以法国名将霞飞元帅之名命名的，霞飞元帅与杨杰交流后感慨道：此人日后必成大业。

杨杰在任驻苏联大使期间，接触到了社会主义，研读了《共产党宣言》，对共产主义有了些许了解。他在与共产党解放军交战的过程中屡战屡败，使他陷入了深思：为什么明明是合理的军事部署，而最后往往又都吃了败仗？百思不得其解。是自己的无能，还是历史潮流的操控而使然？一次又一次的失败使他逐渐明白了一个道理：军事部署的合理性，只是事物演变过程中的因素之一，而真正决定事物发展方向的"道"，是由一股叫"正义"的力量在支配着的。

什么是正义？正义就是人民的呼声，群众的利益，大众的福祉。一句话，就是民心所向。

抗战结束了，中国胜利了。人民多么地渴望和平，休养生息，过上平静的生活。然而国民党以己党私利为根本，为了权力，为了独裁，不顾民意，悍然发动了内战，把中国又推向了生灵涂炭的深渊。

许许多多有识之士看清了蒋介石反动派的丑恶嘴脸，认清了形势，为了人民的利益，为了追寻正义，毅然与"蒋家王朝"决裂，走上了革命的道路。杨杰先生就是其中的一员。由于他熟知国民党军队的战法和部署，又是陆军大学的校长，弟子遍及国军，极具号召力。所以蒋介石对他恨之入骨，亲自密令保密局毛人凤必欲除之而后快。就在新中国即将成立之时，就在他要北上去参加新政协会议之际，在香港，他倒在了敌特的枪口之下。而恰恰是因为他的牺牲，用他的鲜血擦亮了人们的眼睛，使更多的人看透了反动派的反动性，使更多的人走上了革命之路。

正赶上这两天，云南瑞丽突发疫情，已经采取了封城措施。原计划到腾冲拜谒国殇纪念馆，然后逐步北上观故居，由于疫情，无奈放弃。

按图索骥，在导航的引导下，很容易找到了大理市老城区的一条小巷子深处修饰一新的杨杰先生故居。然而遇到的却是大门紧锁，向周围的邻居打听，方知故居刚刚重建结束，近期无人进出。怎么是好？无奈，只好经民革河南省委会和云南省委会对接，再联系大理市委会，终于在第二天上午打开了大门。展现在眼前的是崭新的一座恢复了原貌的建筑，但还未及布展。好在大门内侧有两块标牌，其中有云南省政府2012年标立的省级文物保护单位"杨杰故居"。以此作为拍照背景，也算完成了一个心愿。

借此机会，向大理的民革同仁的相助表示感谢。

28. 屈武故居之行

屈武故居（2021 年 2 月 24 日）

屈武先生的一生，是传奇的一生，是跌宕起伏的一生。他作为一个成功者，成为民革第六届主席，而铸就了其人生辉煌的最原始的动力，就是他从小立下了远大的志向。

他的家乡，地处渭南市临渭区小吉镇西关村。此村素有"三贤故里"的美誉，唐代诗人白居易，宋朝名宿寇准，唐朝宰相张仁愿……烘托出这是一块风水宝地，这是一片人才辈出的沃土。

屈武先生，他自幼饱经风霜，四岁丧父，六岁失母，姐弟三人在寡祖母的抚养下艰难度日，这段不同常人的童年生活，磨砺着他幼小的心灵，使他自幼立下志向，一定要改变自己的命运，一定要干出一番事业。

立志，志向，不是一时的冲动和豪情，而是支撑自己一生的意志力，是一种充满激情而又持之以恒的不竭动力。

立志，就要鄙视平庸，不能被庸俗所淹没，不能随波逐流于柴米油盐的物质生活中，而是要追求精神世界的格局和境界。要成为无愧于自己、无愧于父母、无愧于社会的顶天立地的汉子！

他立志，是一种豪情。屈武先生青年时代就充满理想，血气方刚，意气风发。五四运动时期，作为中学生的他，就作为全国的代表，赴京请愿。面对总统，慷慨激昂，愤然以头撞壁，以死力争，留下了"血溅总统府"的一世英名。

他立志，是一种意志。屈武先生成年后，历尽沧桑，颠沛流离。在苏联期间被流放到北冰洋边陲，也没有被屈辱的环境所压垮。"文革"时期，被打成"叛徒特务"，坐牢八年，也没毁伤他对生活的热爱。

就像共产主义的奠基人马克思，18 岁时写高中毕业作文，题目是"我的理想"，他写道，他这一辈子要干的一件事就是当一个哲学家，"让世人在自己的墓碑前低下他那高贵的头"。这就是立志，这就是志向，这就是目标，这就是动力！

29. 邓宝珊将军纪念馆之行

邓宝珊陕西榆林故居（2021 年 2 月 19 日）

2021 年 2 月 17 日，正月初六，牛年新春小长假接近尾声，假期的安逸和慵懒，使不想发霉的我，再次踏上观故居西北行的征程。此时洛阳已经是"七九河开、八九雁来"的温暖，驾着我的小白驹，一路西行北上，西北凛冽的寒风刮在脸上，看似湛蓝的天幕上挂着一颗耀眼的太阳，但空气中还渗着浓烈的寒意。塞外一望无际的戈壁，蜿蜒的公路，落日余晖，身临其境在这广袤的波澜壮阔中。在我至爱的民革党员的同行下，一行三人，为了追寻先辈的足迹，出发了。

此次观故居西北行程中，布局着四个点，其中兰州、榆林、天水三个城市都有邓宝珊先生的故居和纪念馆。略见邓宝珊先生叱咤风云、威震西北的豪横。

我们伟大的首都北京，今天能以它雄伟巍峨的风姿展现着中华民族的风采，其个中原因，得益于在解放战争中和平解放而免于战火的摧残。傅作义将军在这一事件中起着不可磨灭的作用。而细品历史的这一场景，在幕后幕前操控着这一跌宕起伏的历史进程的，还有一位极具传奇色彩的英雄：邓宝珊将军。

邓宝珊和傅作义是最难得、最信任的至爱挚友。天平在摇摆，人在犹豫不决，难以定夺，权衡再三之时，敢问路在何方？此刻，往往最需要的是至爱挚友的指点迷津，此刻的一个砝码，决定了事物的发展方向。

在中国共产党的奋斗史中，有一段经历，有一种氛围，有一股魅力，那就是延安时期，那就是延安精神！

延安，就像灯塔，照耀着祖国的大地，照亮了人们前进的方向，它有着一种不可名状、不可抗拒的磁力，吸引了中华民族热血青年，各路精英趋之若鹜，并称之为圣地。且在此地，他们完成了自己人生的蜕变，就像蝴蝶一样展翅高飞。这就是延安，这就是延安精神。不说政治人物，只举一个文艺界人士的例子：冼星海，延安吸引了他，熏陶了他，造就了他。于是，一篇旷世之作《黄河大合唱》，横空出世，响彻云霄，将永远在祖国的大地上不息的回荡！

邓宝珊先生，作为那个年代的一路诸侯，曾有机会三次探访延安。可想而知，在交集中，共产党的政策，中共党员人格的魅力，延安精神风采的展现，无不使邓宝珊先生折服。他看到了中国真正的希望之光，明白了一个至深的道理：只有共产党才能救中国。

于是就有了北平和谈代表的身份，于是，就有了北平和平解放的结果，也于是，成就了邓宝珊先生在历史发展的某个阶段不可替代的地位！

作为当年华北"剿共"副总司令，国民党陆军上将，在新中国成立后，成为甘肃省第一任省长，在百废待兴的时局中，为兰州、为甘肃省的发展奠定了基础，至今令人难以忘怀，当地老百姓提及邓宝珊先生，无不充满感激的赞许，以口为碑！

虽然时光已经流逝了半个多世纪，但他的名字、他的故事，将永远流传下去，就像邓宝珊先生展览馆永远矗立在兰州市中心一样。

邓宝珊兰州故居（2021年2月21日）

邓宝珊天水故居（2021年2月23日）

毛主席曾为邓宝珊提笔赠言："以德为大，更不敢忘。"自平民至伟人，有如此评价，一个人活到这个份儿上，值了！

他的出生地，在陡峭的黄土高原上，现在改建为"邓宝珊纪念馆"，登高望远，俯视天水城，这里造就了他一定要走出去，成就一番大业的雄心壮志；在榆林，作为戎马生涯中的一段经历，他曾任晋陕绥边区总司令，原来的司令部，现在改建为"邓宝珊将军纪念馆"，在这里人们仿佛看到了将军当年横刀立马、驰骋疆场的英姿；作为归宿，在兰州市中心，他故居的花园里，现在改建为"邓宝珊先生展览馆"。

主政一方，能武能文，兼济天下。作为新中国甘肃省第一任省长，他鞠躬尽瘁，携黄河之水，滋润了一方水土。

不到西北，不知中国之大。空漠的远方似乎通向遥不可及的天边，高速路上只有小白驹在驰骋，似大海里的一片树叶逐浪前行，有一种无拘无束、策马长奔的舒畅，只有绵延不绝的风力发电组群一路陪伴。大概这就是西北，它将荒凉和斑斓交织，淋漓尽致地展现独特的魅力！

我的心在飞翔！

结 语

历史就在那里，奔腾不息的大潮；
故居就在这里，走进那一段历史。

故居是家，家是小国，国是大家。就是从这些故居里，走出了一位位顶天立地、叱咤风云、治国安邦的栋梁。

历史选择了他们，
他们造就了历史，
他们无愧于历史。

打开民革先辈们的人生画卷，他们每个人都有一番可歌可泣的经历，都是一部余味无穷的著作。在波澜壮阔的历史潮头，驾驭着自己的命运，迎合着时代的脉搏，引领着社会前进的方向。他们都是有信仰的人，是信仰力量的感召，唤起了他们义无反顾投身革命的追求。他们都是有人格魅力的人，他们的感召力使得在他们的周围凝聚集结了一大批志同道合的仁人志士，汇集成不可抗拒的洪流，冲击着必将被历史淘汰的腐朽。

他们中大部分人的共同点：出身豪门，家居豪宅，他们可能一生会有享不尽的荣华富贵。他们完全不需要通过革命这种道路来改变自己的命运；他们完全没必要冒着炮火、面对死亡去谋求些什么个人的利益。

他们没有像芸芸众生一样随波逐流，他们都是怀揣理想的时代弄潮儿，他们都是那个时代的叛逆者，为了追求真理而斗争。

他们都是一帮血气方刚的热血青年，他们都是满怀着忧国忧民之心，思考着救国救民之道，寻找着乱世之时中华民族的光明未来。

他们的每一个决定和决策都是历史上的一次脉动，影响和改变着历史的进程。他们是民革的基石，奠定和造就了民革的今天。

科学的学习方法，是塑造一个人完整的知识结构和正确的世界观的必然选择，归结为"破万卷书，行万里路，阅人无数，明师指路，自己去悟"这五种学习的形式，在观故居行中得到充分完全的体现。破万卷书：伟人的历史，就是一部永远也读不完的书，是历史的见证；行万里路：前辈故居遍布祖国南北，小白驹载着我走遍了祖国的大好河山，领略了各地的风土人情；阅人无数：一路见闻，一路经历，阅尽人间冷暖；明师指路：成功者自有可敬之处，民革先辈们的人生轨迹，能启迪自己对人生前进方向的探索；自己去悟：在路途中，在观故居时，人会自然而然地陷入一种沉思，这就是悟。这是我人生中一次最好的学习机会，最优的学习方法，最佳的成长过程！

我此行此文的目的，就是试图唤起广大民革党员观故居行的热情，为此先导引路而已。

每一位民革先辈的经历，都是一部史诗，都是那个时代的浓缩，都是读不完、读不透的一本书。对于他们的生平事迹，轻点百度搜索，一览无余。对于他们的思想，亦有研究专著。而对于我这样一个不擅写作的理工男来说，只能把所见、所闻、所感、所悟，用拙笔以日记、游记的方式作记录。这也是受我崇拜的大家——余秋雨先生的《文化苦旅》所启迪而做出的肤浅的尝试。

所砌的文字，等同于在追思一位位先辈的思想研讨会上，我的位卑言轻的发言。仅从一个角度和侧面，阐述了所见所闻所感，非常的碎片化。更不能、不敢，也没资格对前辈们下什么评论和评价。只是浅想：唤起全体民革党员来观故居的热情，去追忆，去缅怀，去品读，以纪念。进而思索：在我们民革先辈留下的丰厚的遗产之上，今天，面临着新时代提出的新要求、新使命和新任务，我们民革这一代人应该做些什么？为了践行"长期共存、互相监督、肝胆相照、荣辱与共"这 16 字方针，需要我们民革建立起厚实的基石，在理论建设、思想建设、文化建设、制度建设、作风建设上建立起一套完整的体系，才可以真正肩负起历史的重任，才具有生命的活力，才能够不辱使命。

我为我花甲之际还能激发起"说走就走"的观故居行这种冲动而自豪，我为自己还能践行遍游故居的承诺而骄傲。

作为一名民革党员，我响应了党的号召；作为一辆房车的车主，我为它寻找并赋予了庄严的使命；作为一次旅行，我留下了感悟和笔墨。

淡淡的一丝荣耀和成就感。

壮哉，壮哉！！

故居，静静地矗立，默默地诉说。它是遗产，它是财富。

向不朽的先辈们致敬、泣拜！

2020 年 8 月 1 日